歌集

霙ふりしむ

池村真理

現代短歌社

目次

Ⅰ

Ⅱ

霙（みぞれ）ふりしむ

I

風のすがた

霧間より天色(あま)の空のぞく朝酸味のきいた珈琲を挽く

干柿を吊るす窓辺のささやかな人の営みおもふ秋の日

霧晴れてうすむらさきの花つけるローズマリーに秋の陽が差す

子らの声聞こえぬ秋の公園にただしづやかにブランコふたつ

何なすと無き黄昏は風はこぶ稲の香吸はむと畦道に立つ

金色の稲穂の波に足を止め風のすがたをしばし追ひたり

〈老いと死〉が最後のテーマと気づきたりシクラメン咲く小春の日和

夕ぐれになれば当てなき手紙待ち郵便受けを見に行くわれは

ゆきひらに南瓜くつくつ炊く秋の厨を染めて夕あかね差す

こほろぎの鳴く坂道を下り行けば満月あまねく家並みを照らす

ほんのりと夜の庭木を照らしゐる一日(ひとひ)の終はりの窓しづかなり

雪が来る

空の青淡（うす）くなりゆく霜月に都わすれの返り花ひとつ

やはらかきランディング待つ老いの日々秋明菊に夕風の吹く

寝転がり歌も詠はずロゼ色の夕陽にわが身委ねてゐたり

西の空斜め二十度の山際に黙して浮かぶ紅き三日月

窓障子の明かりを背にしくきやかな影絵となりて庭木立ちをり

をさなき日眠りし子らは巣立ちゆき二段ベッドに残り香かすか

『ぐりとぐら』開けば遠き新米の母なりし日々よみがへり来る

秋晴れの尾花の揺るる黄昏はこころ支度す　また雪が来る

窓明かりひとつひとつのものがたり浮かべて暮れゆく晩秋の空

実を下ろしはだかの枝の背伸びするりんご畑の月夜を歩む

こだまして山より音の響き来る夜汽車は今宵天空をゆく

霜まとひ凍えるバラの蕾ありうす陽を待ちてなほ咲かむとす

兵士の写真

その文字の筆圧弱くふるへをり年賀葉書に父の老い知る

多感の日わが反抗をせし父の着替へ手伝ふ娘となりぬ

かたくりの花を見むとて杖をつく老父に春はいくたびあらむ

声かける友も亡くなり通院の父に帽子と杖が付き添ふ

老いるほどかぎりなく素に寄りてゆく父は日に日にまどやかになる

日に数度ひかうき雲の白きすぢ見上げて父のひと日が暮れる

*

星の雨の音なく降れる夜ふかく父は逝きたりひとりベッドに

小春日の葬儀の朝に触れし頬その冷たさは父の死を告ぐ

親不孝のわれを愛しみくれし父永久に眠りぬやさしきままに

やうやくに父の戦後は終はりたり棺と燃ゆる七十余年

「ぢやあ、逝くよ」とでも言ふやう軽く笑み遺影の父はわれに手を振る

兵たりし日々を語らず逝きし父　兵士の写真いちまい残る

冬の空あり

ぬばたまの闇の不安に拉がれてリウマチといふ痛みと眠る

痛みつつ重き荷となるわが四肢をパーツのやうに取り外したき

手袋を脱ぐ母の手を夢に見る病みて歪みし切なき指を

わが内に母の病は六十年(むそとせ)を黙して深くふかく潜みぬ

狂ひたるわが免疫は見知らざる暴徒と化してわれを襲ひ来

大粒の黄の錠剤をひと息に流しこむしかなき夕まぐれ

あかつきの目覚めは重くおもむろに身を慣らしつつ雨音を聞く

リウマチの腫れたる指で種を蒔くまけば芽生えがわれを支へむ

花を愛で金魚を愛でて身をしづめ病馴らして子規は詠へり

産まれたる孫を抱けば手に伝ふこの世に生れしいのちの温み

身の軋むしぐれ降る夜をさやさやと眠る児を見て時をあたたむ

萎ゆる身とこころ奮ひて今しばし小さきいのちの輝きを見む

痛む手に絵筆を括り描きしとふルノワールの絵の光やはらか

「寛解」の灯しはとほく幽かなり川辺の道を終まで歩む

くすりにて宥められたるわれの上浅水色の冬の空あり

半ドア

通院の車に乗せむと母負へばごつごつ温き枯れ木のごとし

二度三度閉め直しても半ドアの老いた母乗せアクセルを踏む

足腰に「飛ぶよ」と母は囁きて痛みもろとも車椅子に乗る

押すはずのシルバーカーに母は乗り宿借りのごと廊下をつたふ

カーテンを閉められず母は老いの身を夜に晒しつつわれを待ちをり

わが胸にすがる母の身抱きしめて壊れぬやうに便器に置きぬ

ヘルパーの置きし夕餉をただひとりつまみて母のひと日は終はる

泡立てて包めばわづかな母の髪わが子のやうに洗ひてやりぬ

*

気丈なる死に様（やう）最後に子らに見せ母は逝きたり雨降る夜半に

メモ紙に震へる文字の「ありがたう」母の最期の枕辺にあり

四十年（よそとせ）を母の見立ての着物抱き嫁入り箪笥はわれに寄り添ふ

真白き蕪

「だれのため生きてゐるの」と問ふごとき真白き蕪を一刀に断つ

ピクルスの瓶に金柑二個入れて春セルリーにひかりを添へる

雪の香のかすかに残る風うけてひとり歩めりうす月の宵

白球のミットに響く音のして少年の夢に目覚むる朝

あづさゆみ春の雪どけすすむ日にリュック一つを負ひて子は発つ

汗ばみて素足となりしベランダに春風翔(か)けてシーツはためく

家中を春の黄色に染め上げてマーマレードの文旦香る

川べりの柳の新芽萌え出でぬ老いには遠きその若みどり

咲きほこる一本桜見る宵の空に灯りし三日月おぼろ

衒ひなく陽は真つ直ぐに降りそそぎ檸檬の新芽にまた朝は来ぬ

夏の終はり

日焼けした子らが校庭去るころにそよりと閉づる松葉牡丹も

やうやくにペットボトルの蓋を取るリウマチの手の握力わづか

色あせし紫陽花に差す夕光は佇むわれの背にもやはらか

プップッと小さき音立て隠元は茹でられてをり吐息つくごと

をさな児にかへりて追へる野辺の道蛍はわが手にほのかに灯る

わが影と歩めば夏の夜は深し月はしづかにわが背を照らす

満月がりんご畑を照らす夜の小さき実りは明かりのごとし

つんつんと細き芽を出す人参の育ちを愛づる朝のひととき

珠をなす蕾をほどき告げたるは夏の終はりか百日紅咲く

霙ふりしむ

亡き母の口紅さして見上ぐれば浅葱の空に雲のひとひら

サルビアの青なほ深き夕ぐれの雨の匂ひの坂を下りぬ

白秋の道に迷ひて日は暮れて父母を亡くしてほろんとひとり

「真理(まり)」の名をわれに贈りし亡き父の思ひを収むこころの芯に

欲しいのは何かではなく誰かだと落ち穂ぬらして細き雨降る

母編みし柔（やは）きセーター手に取りて編み目をたどる秋の夕ぐれ

答へ出ぬ問ひに疲れし月夜には小さき虫の音聴きに野に出づ

稲茎のならぶ刈田の淋しもよ米沢盆地に霙ふりしむ

鈍色の空より溢れこぼれ落つる無量の白き「雪」といふ虚(うつろ)

一生(ひとよ)とは砂時計なりはらはらと終はりを孕み時こぼれゆく

雪の舞ふ夜半に流るるリフレイン「人生が二度あれば」と歌ふ

来世には小さき海月に生まれたし波に漂ひ気ままに踊らむ

残雪を踏みしめ仰ぐ閑かなる吾妻の山の今朝の群青

Ⅱ

白き影

「シユヤウです」と夫は突然告知受くしづかな午後の診察室に

画像にて浮かび上がりし白き影医師は迷はず「シユヤウ」と言へり

「やつかいです」腫瘍の画像を指し示す医師の言葉を全身に受く

雨にぬれきららぐ木々の若みどり無言の影は夫に迫り来

五年後の生存率は五パーセントとネットは夫に迅速に告ぐ

入院の持ち物書きしメモ紙のチェック済ませて夫は眠りぬ

亡き義母(はは)の植ゑし萱草咲く朝に夫は向かひつ手術の旅へ

*

夫眠る手術前夜の医大前バス待つわれに風の吹き来る

雨の朝夫は歩みて手術へと〈立入禁止〉の扉へ向かふ

廊下にて手術の夫をひとり待つ福島の雨止まざる宵を

頭より出でしチューブに繋がれて機器を引き連れ夫は戻りぬ

出口なき闇さ迷ふや夫眠り術後三日目まだ意識無し

何もしてやれることなき病室に流るる時間　点滴落つる

みぢかかる面会終へて帰る夜の医大病院に明かりの滲む

弱りゆく夫を見取る苦われに課し真夏の日々は昏く燃え立つ

あけび

命の灯ふり絞るごと夫歌ふ病棟ライブの「イエスタディ」

リハビリの夫は久びさの秋の陽に背中押されて五歩進みたり

退院を待つがに実るふぢ色の小さきあけびを夫の手に置く

癒えぬまま退院すれど二人して味はふ夕餉を幸せといふ

夫病みて息子はひとり願をかけヘビースモーカーを卒業せり

細き雨そぼ降る秋の夜は長し看取る夫のトイレは五回

痙攣の足をさすりて抱きしめる夫の病魔の荒ぶる夜半を

「生きたい」と夫の思ひのひしひしとわれに伝ひ来時雨れる夜は

やすらかな寝息をたてる病む夫の夢の健やか願ふ朝あり

今朝の空吸ひ込まれたき青の下放射線治療へ夫は向かひぬ

雪の匂ひ

病む夫の猫背の深くなる秋は覚悟兆しぬしぐれ降る毎

明け方に一リットルの水と飲む抗がん剤に夫は苦しむ

きのふけふ「死んでもいい」と夫拒み抗がん剤は五錠残れり

手の麻痺の進みたること知らすがに食べこぼし増す夫の食卓

ボタンかけシャツをきちんと着るといふ日常ひとつ夫は失くせり

患ひの夫の薬は増えつづけ朝夕八錠休みつつ飲む

昨年は夫の歩きしこの廊下今日迷はずに車椅子つかふ

終となる歩行と夫は知らぬままあの日手術へ廊下歩みき

デイケアの誕生会の写真には小さくなりたる夫の写りぬ

臥す夫の看取りは休みなくつづき気づけば遠く除夜の鐘鳴る

忘れよと夫の看取りに暮れる日を覆ひ隠して雪降りしきる

闘病の夫の眠る夜ただ長く雪とかたらひ雪とまどろむ

雪の舞ふ闇に杖つく音のして眠りの淵を夫はさ迷ふ

患ひの夫の予報はおよそ雪「雪の匂ひだ」と言ひて眠りぬ

冬日差す棚の日記を手に取れば夫の病に抗ふわれあり

病む夫の二月五日は誕生日終かもしれぬ雪降りつづく

臥す夫の「春になつたら」と見る夢は叶はぬままに過ぎゆくばかり

「だいぢやうぶ」と患ふ夫に声をかけわれにも言ひてひと日を生きる

春の陽

萱草は憂ひ忘るる「わすれ草」病む夫ねむる窓辺に芽吹く

電動の歯ブラシ届くこの春の夫の握力衰へゆきて

イヤフォンにモーツァルトの曲流れ二センチ動く夫の右足

何もかも放り出したき日もありて夫の患ふ黄昏どきは

五年後の実りを祈り臥す夫と檸檬のたねをコットンに蒔く

春の陽は希望絶望入り混じり夫に残りし日々を愛しむ

五月の風

野に出でよ土に恋せよ鍬持てと五月の風はわれに吹き来る

新緑にひびく歓声聞きながら上杉祭りのひかりを歩む

吹き返すさみどりの風やはらかき五月の朝の雨に濡れゆく

川下るごとく電車はかぎろひの春野を走り日本海へと

駅舎より見ゆる家並みの愛しかり春霞立つきみが住む街

あの角を曲がれば見えるきみの家マーガレットの白き道踏む

制服が白に変はりてはづむ声聞こゆる朝か桜桃ふくらむ

閉ざしゐしこころ晒して堀端のさくら若葉をひとり歩めり

雨上りの都忘れの花の色よくぞ天より降(お)りしむらさき

陽春のひかり集めてたちまちにみどり冴えゆく檸檬の若葉

一本の道

乗客の二人を乗せて奥羽線ワンマンカーは出羽の春ゆく

車窓より見ゆる菜の花黄にかすみ春ただ中の芽吹きを走る

春山に響く汽笛も息切らし車列抜け行くトンネル数多

無人なる記念館駅に降り立ちて茂吉を訪ひぬ青葉のなかを

歌碑の立つ野道を行けばブロンズの像なる茂吉が記念館に待つ

残されし自筆原稿に思ほゆる茂吉あゆみし一本の道

金瓶の土も草木も山並みも歌人茂吉の血を流れゐたりき

遠蛙

白つつじ盛る窓辺に眠る児に花の香乗せて風のそよ吹く

雨過ぎし夏野を走る車窓より見ゆるみどりのみな美しく

うつすらとロゼの香のこる瓶に挿す珊瑚の色の薔薇を一輪

月明かり揺らぐみづ田に幾万の蛙の鳴きて生命(いのち)高鳴る

みづ田より蛙鳴く声こだまする夜道を急ぎペダル踏み込む

やすらかな月のひかりを吸ひながら蛙鳴く田の畦に佇む

はつ夏の蛙の喝采浴びるがに月やはらかき夜道を歩む

遠蛙（とほかはづ）寄せては返す子守唄われは眠りの淵へ寄りゆく

老いる郷

乗客はただわれひとりゆるゆると路線バスにて街へと向かふ

街なかに寂れゆく市のシンボルのごとく立ちをり倒産デパート

閉ざされし商店街のシャッターは日に晒されて店の名消ゆる

白昼は老人施設と化すごとくスーパー見事に老いばかりなり

高台の古き工場に灯のともり久かたぶりの機の音ひびく

年ごとにまばらとなれる窓明かりアパート二棟に夜はまた来ぬ

少子化は小・中・高のわが母校すべて廃する勢ひとなり

谷あひの小さき校舎に統合の風吹き抜けて夕明かり映ゆ

減りやまぬ市の人口に術はなく銀杏散りそむ風のまにまに

金色に垂るる稲穂の向かうがは荒草の湧く休耕田あり

老いひとり住まふ庭には熟るるまま落つるほかなき柿の実あまた

子らはみな都会へ出でしわが地区の屋敷に灯る明かりはひとつ

生ひ茂る草のあはひに影のごと空き家は朽ちて月昇りたり

いつの間に更地となりし街角の見慣れぬ景に時雨ふり来る

夢の隙間を

来し方を想ひゐる秋ロゼ色の夕陽に染まる悔いのいくつか

アルバムを開けば遠き日のわれの直ぐなる眼差し問ひかけて来る

その後の険しき道を知らず笑む幼ききみの写真に出会ふ

詠はるることのなきまま風となり黒髪を撫でゆきし恋あり

「また来る」と言ひて手をふり別れたり「もう会へない」と蜩鳴くに

色あせし『いないいないばあ』の絵本にはママたりし日々しづかに眠る

「寛解」の祈りの果実つけぬまま実生の檸檬わが背を越ゆる

音もなく白妙の雪くれぐれと病む夫に降りわれに降り積む

父を奪ひ母も奪ひしかの秋は償ふやうに空澄みてゐき

ふうらりと雪のただよふ昼下がりしづかに詠ひ始むる挽歌

ビロードのごとき児の髪撫でながら日増しに吾子は父となりゆく

「しあはせ」とは「愛するものが幸せであること」といふ　カランコエ咲く

嫁たりし日々は遠くになりゆくも今も問ひゐる「家」といふもの

アルバムを閉ぢれば過ぎし歳月はまぼろしならむ　夕月かかる

ゆるらかに回転木馬は回りをり小雪舞ふ夜の夢の隙間を

明け暗れの道

柿の木は実をつけしまま寒々と雪降るイブの夜に立ちをり

踏むたびに氷の哀しき音ひびく寒波前夜の小道を歩む

残り柿雪をかぶりて寂しもよひとつひとつと落ちゆきにけり

寒波去りいちめん白き闇照らす上弦の月しづかに冴ゆる

透きとほる三日月照らす雪道を思ひつづりてポストへ向かふ

入学にそなへ歩きし通学路二十年後を子とまた歩む

参加者に子どもはわづか三人の現実照らし道祖土（さいと）焼き燃ゆ

車窓より祭りながむる病む夫に雪灯籠の灯りゆらめく

東京へ帰る息子を送る朝霧氷の木々を車窓より見つ

ふり返るたびに手をふる子の視線背に受け帰るプラットホーム

こな雪をまとふ竹林通りぬけ駅まで歩く明け暗れの道

臥す夫を子らに託して乗る「つばさ」雪をはらひて一日(ひとひ)われ発つ

ゆめ追ふ日ゆめ破るる日それぞれにわれわれの乗り来し特急「つばさ」

夫の子守唄

宣告は不意におとづれ春陽さす診察室に無音ひろがる

劇薬の錠剤とかすごと夫は再発といふ現実を呑む

リビングの夫の背に寄る死の気配はらひつつ眺むる杉木立

やうやくに車椅子に乗せ見送りぬ夫に最後のデイケアの朝

短冊に「あるけますやうに」の夫の文字ベッドの柵に色褪せてをり

身の弱る夫は立つこと話すこと徐々にできなくなりてゆく、秋

目が据わり投げやりとなる病む夫にこころ痛みて部屋を出る夜半

くらぐらと死といふ闇の迫りくる夫の傍らエリカは咲けり

脳内に病巣ひろがり夫の意思のとどきたる部位わづか左手

言葉とふ伝達手段うしなひて夫の思ひは空(くう)を廻(めぐ)りぬ

ベッドより死を見つめゐる夫は秋、男(を)の子と女(め)の子の祖父となりたり

「食べられなくなつたら入院」と言ひしのち医師は小声で「看取りの」と添ふ

焦点の合はぬ眼（まなこ）を見ひらきて闇見る夫はわれを忘るる

手ぎはよくおむつを替へる介護士に笑みたるやうに夫は眠りぬ

死に近き夫に寄り添ふ子守歌「レット・イット・ビー」は今宵も流る

あとがき

長いこと仕事中心の生活を送ってきた私にとって、退職後の有り余る時間をどう過ごすかは、重要な課題でした。そんな時、書店でふと目にした短歌入門の本が、私と短歌を繋いでくれました。時間はたっぷりある、ゆっくり学んでいこうと思い、まずＮＨＫ学園の通信講座「短歌入門」から始めることとしました。まさに六十歳からの手習いでありました。

しかし、短歌の勉強を始めたころから、父や母の老いが進み、毎日通って世話をする状況となりました。また、それと同時に、夫に重い病が見つかり、楽しみにしていた退職後の生活は、すぐに甘い幻想であったと知ることになりました。

退職三年目は、とくに過酷な年となりました。福島医大での夫の手術入院中に父が亡くなり、三カ月かかって退院した後、すぐに今度は母が亡くなるという、人生でも最も辛い年となりました。結局夫は、父母の葬儀のどちらにも参列できませんでした。そして、夫には右半身に重い麻痺が残り、再発の恐怖を抱えながらの闘病生活を送ることになりました。それからは、私の長い介護生活が続くこととなったのです。

そんな六十代を過ごすこととなってしまった私にとって、日々を支えてくれたのが、「短歌」でした。辛い状況を短歌に詠むことで、何とか自分を保つことができたように思います。そのため、私の短歌は、自ずと老いや病や死、そして介護がテーマとなりました。でもそんな苦しい日々にあって、短歌はいつも私に寄り添ってくれました。

そして、昨年、夫は長い闘病生活に終止符を打ちました。私が古稀を迎えた年でした。そこで、ひとつの区切りとして、六十代の歌の中から二百二十四首を選び、このささやかな歌集を上梓することとしました。

これからは、自分の老いに向き合い、孫たちの成長を詠いながら、人生の終盤へ向かいたいと思っています。苦しかった六十代は終わり、新しい七十代を歌にしていきたい。さらに苦しく辛い時間が、待っているかもしれません。それでも、これからも短歌とともに人生を歩んでいきたいと思っています。

これまで、拙い私の短歌を導いてくださったＮＨＫ学園の「短歌講座」関連の皆さま、「米沢短歌会」の皆さま方に感謝申し上げます。そして、亡き父母と夫に、今も私を支えてくれている息子家族に感謝します。

最後になりましたが、出版に際し現代短歌社の真野少様、装訂の田宮俊和様に、細やかなご配慮を頂きましたことに、心より厚くお礼申し上げます。

父母(ちちはは)と夫を看取りし六十代無二の友かも歌が寄り添ふ

二〇二三年十一月

池村　真理

池村　真理（いけむら・まり）

1953 年　山形県米沢市に生まれる
2012 年　山形県公立小学校教諭を退職
2013 年　ＮＨＫ学園「短歌講座」の受講を始める
2018 年「米沢短歌会」入会

現住所　山形県米沢市舘山２丁目２の１８

歌集 霙ふりしむ

二〇二三年十二月八日 第一刷発行

著者 池村 真理

発行人 真野 少

発行所 現代短歌社

〒六〇四-八二一二

京都市中京区六角町三五七-四

三本木書院内

電話 〇七五-二五六-八八七二

装訂 田宮 俊和

印刷 亜細亜印刷

定価 二二〇〇円（税込）

ISBN978-4-86534-433-2 C0092 ¥2000E